Vente du Jeudi 23 Avril 19 

HOTEL DROUOT — SALLE N° 11

N° 119 du Catalogue.

ESTAMPES ANCIENNES

Mᵉ ANDRÉ DESVOUGES.

M. LOYS DELTEIL.

Exposition Publique, Hotel Drouot, Salle N° 11

Le Mercredi 22 Avril 1914, de 2 heures à 6 heures

FRAZIER-SOYE

GRAVEUR-IMPRIMEUR

153-157, RUE MONTMARTRE

PARIS

CATALOGUE

DES

ESTAMPES

ANCIENNES

ŒUVRES

DE

ALDEGRAVER, H. S. BEHAM, J. TH. DE BRY, ALB. DURER,

G. PENCZ, REMBRANDT VAN RIJN,

VIRGILE SOLIS.

Dont la vente aura lieu

à Paris, HOTEL DROUOT, Salle N° 11

Le Jeudi 23 Avril 1914

à 2 heures précises

Par le Ministère de Me ANDRÉ DESVOUGES

COMMISSAIRE-PRISEUR

26, Rue de la Grange-Batelière

Assisté de M. LOYS DELTEIL, Graveur et Expert

2, Rue des Beaux-Arts

CONDITIONS DE LA VENTE

Elle sera faite au comptant.

Les adjudicataires paieront *dix pour cent* en sus des enchères.

M. Loys Delteil remplira les commissions que voudront bien lui confier les amateurs ne pouvant y assister.

MM. les Amateurs pourront visiter la Collection, 2, *rue des Beaux-Arts*, du Mardi 14 au Mardi 21 Avril 1914, de 2 heures à 5 heures (*Le Dimanche excepté*).

N° 138 du Catalogue.

DÉSIGNATION

ALDEGRAVER (H.)

1. L'Histoire de Loth (Bartsch 14-17). Suite de 4 pièces. Belles épreuves. (Petites cassures à 2 pl.)

2. Joseph racontant ses songes (18) — Ève (12) — Le Jugement de Salomon (29) — Le Bon Samaritain (40). Quatre pièces.

3. L'Histoire d'Ammon et de Thamar (22-28). Cinq pl. (d'une suite de 7). Belles épreuves (cassures à 1 pl.).

4. L'Histoire de Suzanne (31-32) — Judith (34) — Le Père sévère (73) — Thisbé (101). Cinq pièces, la plupart en belles épreuves.

5. La Nativité (39) — Jésus à la croix (49) — Titus Manlius (72) — Mars (76), etc. Neuf pièces.

6. La Parabole du Mauvais riche (44-48), 4 pl. (d'une suite de 5). On y a joint un double et deux copies, soit 7 pièces.

7. Rhéa Sylvia (66) — Les travaux d'Hercule (83-95), 6 pl. (d'une suite de 13). Sept pièces, la plupart en belles épreuves.

8. Les Vertus (117-123), suite complète de 7 pl. — Les Vices (125 et 128), 2 pl. sur 7 — La Foi (131) — L'Intempérance (132) — La Force (133), soit ensemble douze pièces, la plupart en belles épreuves.

9. Les Danseurs de noces (160-171), 5 pl. (d'une suite de 12). Belles épreuves.

10. Les deux Amants (173), petite pl. de forme ronde. Belle épreuve.

ALTDORFER (Alb.)

11. Salomon idolâtre (B. 4) — Jésus chassant les vendeurs hors du Temple (6) — La Religieuse (24). Trois pl. Très belles épreuves (trou de ver à une pl.)

12. St-Jérôme (21) — Mercure (29). Deux pièces. Belles épreuves.

13. La Fable de la Marguerite poétique (43). Très belle épreuve.

AMMAN (Jobst) — SOLIS (V.)

14. Rois de France : François Ier — Childéric — Lothaire — Louis VII — Dagobert. Cinq pièces, épreuves hors texte.

BEHAM (Hans Sebald)

15. Adam et Eve (6) — St Sebalde (65), épr. doublée — Le Jugement de Pâris (89). Trois pièces.

16. La Vierge au perroquet (19). Très belle épreuve, montée en dessin.

17. L'Homme de douleurs (26). Très belle épreuve.

18. Tête du Christ, 1520 (28). Très belle épreuve.

19. Parabole de l'Enfant prodigue (31-34). Suite complète, avec deux pl. doubles y compris une copie — L'Enfant prodigue gardant les pourceaux (35). Sept pièces. Belles épreuves.

20. Le Sauveur (36) — St-Pierre et St-Paul (37) —
St-Mathieu et St-Jean (40) — St-Barthélémy et
St-Mathias (42). Quatre pl. (d'une suite de 7).
Quatre pièces. Belles épreuves.

21. Les Douze Apôtres (43-54).
Suite complète de 12 pl.
Très belles épreuves.

22. Les Quatre Évangélistes
(55-58). Suite complète
de 4 pl. Belles épreuves.

23. Combat entre les Grecs
et les Troyens (69) —
L'Enlèvement d'Hélène
(70) — Combat de trois
Hommes (95). Trois piè-
ces. Belles épreuves.

24. Cimon nourri par sa fille
(75) — Lucrèce (79) —
Trajan (82). Trois pièces.

N° 16 du Catalogue.

25. Les Travaux d'Hercule (96-107). Suite complète de
12 pl., la plupart en très belles épreuves.

26. Léda (112). Très belle épreuve.

27. Les Planètes (114 et 120), 2 pl. — Les Arts Libéraux,
pl. 1, 2, 3 et 5 (121-127). Soit six pl. Belles
épreuves.

28. La Justice (132) — La Patience (138). Deux pièces.
Très belles épreuves.

29. La Bonne Fortune (140) — Les deux Bouffons (213)
— Le Berger (216). Trois pièces. Bonnes épreuves.

30. La Jeune Femme accompagnée de la Mort (149) —
La Mort se saisissant d'une femme nue, copie du
n° 150 — Enfant assis, endormi (211). Trois pièces.
Belles épreuves.

31. Noces de Village (154-163-166-167). 11 planches
(y compris 3 copies), plusieurs en très belles
épreuves.

32. Le Paysan au marché (186). Très belle épreuve.

N° 32 du Catalogue.

33. Le Porte-enseigne et le Tambour (199). Très belle épreuve.
Rare. On y a joint une copie de
B. 198, soit deux pièces.

34. La Femme couchée, vue par le
dos (215), 2ᵉ état (sur 4) — Le
Char de Triomphe (237) —
Chapiteaux de colonnes (247)
— Les Divinités qui président
aux planètes (B. 5, des pl.
fauss. attr., 6 pl. sur 7), soit neuf
pièces, la plupart en belles
épreuves.

35. Sujets divers. Huit pièces (originaux et copies).

BRY (J. Th. de)

36. Les Noces d'Isaac et de Rébecca — Triomphe de
Bacchus — La Fontaine de Jouvence. Trois pièces.

37. Le Triomphe du Christ. Très belle épreuve.

38. L'Age d'or, d'apr. A. Bloemaert. Très belle
épreuve.

39. Diane et Calisto — Acteon changé en cerf. Deux
petites pl. de forme ronde. Très belles épreuves.

40. Les Dieux et déesses — Les Arts libéraux — Les
Péchés capitaux — Les Éléments et les saisons.
Quatre pièces.

41. Assemblée de Vénitiens et de Vénitiennes sur une
terrasse, d'apr. Th. Bernard. Très belle épreuve,
remmargée.

42. Marches de Soldats. Deux pièces. Très belles
épreuves.

Nº 11 du Catalogue.

Nº 33 du Catalogue.

DURER (Albrecht)

43. Durer (Alb.), par L. Kilian. Épreuve doublée.

44. La Nativité (Bartsch 2). Très belle épreuve.

45. La Passion de Jésus-Christ (3-18), 9 pl. (B. 4, 6 à 10, 14, 16 et 17) sur 16. Bonnes épreuves (plusieurs manquent de conservation).

46. La Passion de Jésus-Christ (3-18). Copies, 26 pl., y compris des doubles.

47. La Face de Jésus-Christ (25). Superbe épreuve.

48. L'Enfant prodigue (28). Très belle épreuve (le contour d'un des pourceaux a été piqué).

49. La Vierge aux cheveux courts, liés avec une bandelette (33). Très belle épreuve.

50. La Vierge allaitant l'Enfant Jésus (34). Très belle épreuve (manque de conservation).

51. La Vierge assise, embrassant l'Enfant Jésus (35). Belle épreuve.

52. La Vierge donnant le sein à l'Enfant Jésus (36). Très belle épreuve.

53. La Vierge couronnée par un Ange (37). Très belle épreuve (l'angle supérieur droit restauré).

54. La Vierge avec l'Enfant Jésus emmailloté (38). Belle épreuve de la collection P. Mariette.

55. La Vierge au Singe (42). Copie par J. Wierix. Deux très belles épreuves (l'une rognée dans le haut, la seconde dans le bas).

56. La Vierge à la poire (41). Très belle épreuve (légère marque de pli et quelques piqûres).

57. Les Disciples de Jésus-Christ : St Philippe (46), copie par J. Wierix — St Thomas (48) — St Simon (49) — St Paul (50). Quatre pièces. Belles épreuves.

58. St Christophe, à la tête retournée (51). Très belle
épreuve.

59. St Christophe (52). Très belle épreuve (le coin
supérieur droit déchiré).

60. St Georges à pied (53). Belle épreuve.
On y a joint la copie du St Georges à cheval
(B. 54), soit deux pièces.

N° 54 du Catalogue.

61. St Sébastien attaché à un arbre (55). Belle épreuve
de la collection H. Fuessli.

62. St Hubert (ou St Eustache) (57). Superbe épreuve
(très légère trace de pli).

63. St Jérôme dans sa cellule, copie A., par J. Wierix
(60). Belle épreuve.

64. St Jérôme en pénitence (61). Superbe épreuve
(légères piqûres).

65. Ste Geneviève (63). Très belle épreuve (petites
piqûres).

66. La Sorcière (67). Belle épreuve.

67. Apollon et Diane (68). Superbe épreuve.

68. La Famille du Satyre (67). Très belle épreuve (doublée, petites déchirures).

69. L'Enlèvement d'Amymone (71). Très belle épreuve de la collection P. Mariette.

70. L'Effet de la jalousie (73). Très belle épreuve.

71. La Mélancolie (74). Très belle épreuve (légère cassure).

72. Le Groupe des quatre Femmes nues (75). Très belle épreuve sur papier à la tête de bœuf (petite cassure).

73. L'Oisiveté (76). Belle épreuve (légères cassures et piqûres.

74. La Justice (77). Belle épreuve (doublée, petite déchirure).

75. La grande Fortune (77). Epreuve manquant de conservation.

76. Le Petit Courrier (80). Très belle épreuve de la collection P. Mariette.

77. Le Paysan et sa Femme (83) — L'Hôtesse et le cuisinier (84). Deux très belles épreuves, manquant de conservation (la 1re est en partie découpée).

78. L'Oriental et sa Femme (85). Très belle épreuve.

79. Les trois Paysans (86). Très belle épreuve (doublée).

80. L'Enseigne (87). Très belle épreuve de la collection P. Mariette.

81. L'Assemblée des Gens de Guerre (88). Belle épreuve (petites épidermures).

82. Le Paysan de marché (89). Belle épreuve.

83. Le Branle (90). Très belle épreuve.

84. Le Joueur de cornemuse (91). Très belle épreuve.

Nº 62 du Catalogue.

N° 64 du Catalogue.

N° 70 du Catalogue.

Nº 71 du Catalogue.

85. Les Offres d'amour (93). Très belle épreuve (légères piqûres).

86. Le Pourceau monstrueux (95). Belle épreuve.

87. Le Petit cheval (96). Superbe épreuve de la collection P. Mariette, 1664.

88. Le Grand cheval (97). Superbe épreuve de la collection P. Mariette, 1663.

89. Le Cheval de la Mort (98). Copie. Belle épreuve.

90. Les Armoiries au Coq (100). Belle épreuve.

91. Les Armoiries à la tête de mort (101). Très belle épreuve (légère cassure et trace de pli).
On y a joint une copie, soit deux pièces.

92. Albert de Mayence, de face (102). Belle épreuve.

93. Mélanchton (Ph.) (105). Très belle épreuve (petites cassures dans la tablette. l'angle supérieur droit refait).

94. Pirkheimer (Bilibald) (106). Bonne épreuve.

95. Erasme de Rotterdam (107). Très belle épreuve (légère cassure).

96. Sujets de Vierges. Treize pièces, copies.

97. St Sébastien — St Antoine — La Nativité — Scènes de la Passion. Onze copies.

98. La Mélancolie — Les trois Génies — Enlèvement d'Amymone, etc. Neuf copies.

HOPFER (Jérôme)

99. Charles Quint (58). Belle épreuve, *avant le n°.* des collections Didot et Galichon.

LEYDE (Lucas de)

100. La Femme de Putiphar accusant Joseph (21). Bonne épreuve.

MAITRE I. B.

101. Combat de gladiateurs à pied (B. 21). Belle épreuve de la collection Arozarena. On y a joint Marcus Curtius, B. 8 copie, soit deux pièces.

102. La Circoncision (B. 2) — Jésus dormant pendant l'orage (2) — La Foi (23) — La Tempérance (29). Quatre pièces. Belles épreuves.

103. Les Enfants vendangeurs (35). Très belle épreuve.

PENCZ (G.)

104. L'Histoire d'Abraham (B. 1, original et copie, 2 (copie), 3 et 5 — Abraham caressant Agar (6), rare. Ensemble six pièces. Belles épreuves.

105. Esther (8) — Joseph racontant ses songes (9) — Joseph descendu dans la citerne (10) — Histoire de Tobie, 2 pl. (15, 19). Six pièces (y compris une copie). Belles épreuves.

106. — Loth et ses Filles (20) — Suzanne et les Vieillards (26) — Hérodiade (29) — Le Mauvais riche (65). Quatre pièces. Belles épreuves.

107. — Le Bon Samaritain (68) — Conversion de S¹ Paul (69) — Médée (71) — Titus Manlius (76) — — Régulus (77) — Mort de Lucrèce (79) — Horatius Coclès (80) — Porsenna (81). Huit pl. Belles épreuves (quelques taches).

108. — Sophonisbe (82) — Artémise (83), épreuve rognée — Virginius (84) — Le Juge (95) — La Paresse (100) — L'Odorat (107) — La Grammaire (110) — La Musique (114) — L'Astrologie (116). Neuf pièces, la plupart en belles épreuves.

109. — Les Six Triomphes décrits par Pétrarque (117-122). Suite complète de 6 pl. Très belles épreuves.

N° 50 du Catalogue.

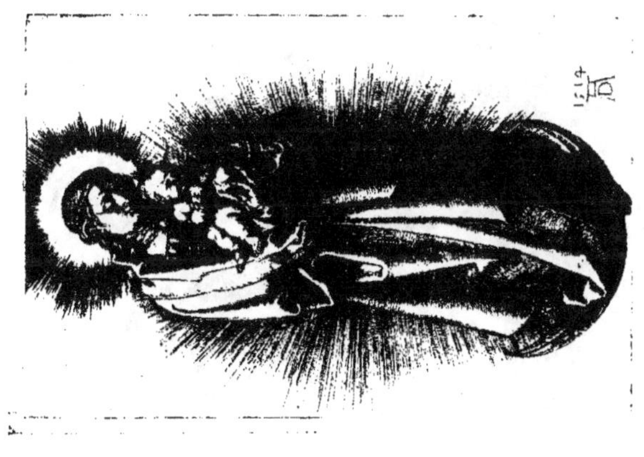

N° 49 du Catalogue.

N° 67 du Catalogue.

N° 80 du Catalogue.

PETITS MAITRES

110. Sujets divers. Neuf pièces par ou d'après H. Bro-
samer, Solis, etc.

111. Sujets divers, 18 pl., par ou d'après Pencz. Aldegraver, Altdorfer, etc.

N° 139 du Catalogue.

REMBRANDT VAN RIJN

112. Rembrandt avec l'écharpe autour du cou (Bartsch
17). Belle épreuve.

113. Rembrandt appuyé (21). Belle épreuve (doublée).

114. Le Triomphe de Mardochée (40). Belle épreuve.

115. L'Ange disparait devant la Famille de Tobie (43).
Superbe épreuve du 2e état (sur 4).

116. L'Annonciation aux Bergers (44). Très belle
épreuve. Collection Ern. Devaulx.

117. L'Adoration des Bergers (46). Belle épreuve.

118. La Vierge au linge (62). Très belle épreuve, double de la Bibl. de Bruxelles.

119. Jésus Christ prêchant, ou la petite tombe (67). Superbe épreuve, chargée de barbes (2 petites cassures).

120. La même estampe. Belle épreuve, encore avec quelques barbes.

121. Jésus chassant les vendeurs du Temple (69). Belle épreuve.

122. La petite Résurrection de Lazare (72). Très belle épreuve tirée sur satin.

123. Descente de Croix au Flambeau (83). Belle épreuve de la Collection Gervaise.

124. L'Etoile des Rois (113). Superbe épreuve.

125. Les Trois Figures orientales, ou Jacob et Laban (118). Belle épreuve.

126. Les Musiciens ambulants (119). Très belle épreuve.

127. Juif à grand Bonnet (132). Belle épreuve.

128. Vieillard vu par le dos (143). Très belle épreuve. Collection Gervaise.

129. Grand gueux debout (162), épr. rognée — Vieillard à courte barbe (151) — Gueux se chauffant les mains (173). Trois pièces. Bonnes épreuves.

130. Gueux debout (163). Très belle épreuve. Collection du Pce de Paar (très légèrement rognée dans le bas).

131. La Femme à la calebasse (168). Superbe épreuve, *avec* les bords raboteux. Collection Arozarena.

132. Paysan déguenillé, les mains derrière le dos (172). Très belle épreuve (petite cassure).

133. Deux Gueux en pendants (177-178). Deux pièces. Très belles épreuves.

N° 130 du Catalogue

134. Figures académiques (194) Belle épreuve du
1er état (l'angle supérieur gauche déchiré).

135. Femme nue, les pieds dans l'eau (200). Belle
épreuve.

136. Vue d'Omval, près d'Amsterdam (209). Très belle
épreuve du 1er état, *au fond sale* et *avec* les essais
de pointe dans le haut à droite. Collection
J. D. Böhm.

137. Le Paysage au dessinateur (219). Très belle
épreuve (très légèrement rognée dans le bas).

138. La Chaumière au grand arbre (226). Très belle
épreuve.

139. Le Moulin, dit de Rembrandt (233). Très belle
épreuve, *avec* les craquelures *très-apparentes*.
Collection Kalle.

140. La Campagne du Peseur d'Or (234). Bonne épreuve
(petites restaurations).

141. Vieillard à barbe carrée (265). Très belle épreuve.

142. Linden (J. Antonides Vander) (264). Belle épreuve.

143. Janus Silvius (266). Très belle épreuve des collections H. Weber et F.

144. Lutma (J.) (276). Bonne épreuve.

145. Asselyn (Jean) (277). Très belle épreuve (manque
un peu de conservation).

146. Homme en cheveux (289). Très belle épreuve.

147. Trois Têtes de femmes, dont une qui dort (368).
Très belle épreuve (légèrement rognée dans le
bas).

148. Rembrandt au bonnet orné d'une plume (20) —
— Jésus-Christ en Croix (80) — Figure polonaise
(140). Trois pièces. Bonnes épreuves.

149. Les Pélerins d'Emmaüs – Abr. Franz — Utenbogard
— Le Peseur d'Or — La Vieille à la calebasse —
Paysage à la vache qui s'abreuve — Gueux estropié,
7 pl. y compris une copie (tirages postérieurs)

SOLIS (Virgile)

150. Pyrame et Thisbé (125) — Les Saisons (128) —
Mars (151) — L'Arithmétique (193) — Deux tau-
reaux qui se battent (390). Cinq pièces. Belles
épreuves).

151. Orphée charmant les bêtes (127) — Chasses à
l'ours. Quatre pièces. Belles épreuves.

152. Les Saisons (129-132). Suite de 4 pl. Très belles
épreuves.

153. Les Saisons (133-136), 3 pl. (sur 4, manque l'Eté),
y compris une copie du n° 135. Belles épreuves.

154. Les Mois de l'Année (137-148). Suite de 12 pl.
(Manque la pl. 2), soit 11 pièces. Belles épreuves

155. Les Planètes (163-169). Suite de sept pl. Copies en
sens inverse, non mentionnées par Bartsch —
Les Vertus (207-214), 4 pl. (sur 8). Ensemble
onze pièces. Très belles épreuves.

156. Les Bateleurs (257), original et copie — Les
Ivrognes (258) — Le Concert (259) — Un Roi et
une Reine traversant un pont (300). Cinq pièces.
Belles épreuves.

157. Divers sujets de Chasse (368, 371 à 373, 375, 376, 378, 380, 383, 384, 387 à 389), 13 pièces, la plupart en très belles épreuves.

158. Chasse au cerf. Trois pièces différentes. Belles épreuves. On a joint une copie d'une des planches, soit 4 pièces.

159. Sujets divers. Neuf pièces. Bonnes épreuves.

N° 53 du Catalogue.

Imprimerie Frazier-Soye, 155-157, rue Montmartre, Paris.